Joyeux Noël, Marley!

Pour tous les Marley du monde et les familles qui les aiment.
— J.G.

À Lauren, Megan, Allie et Ryan,
pour tous les merveilleux souvenirs de Noël.
Je vous aime – Papa
— R.C.

Catalogage avant publication de Bibliothèque et Archives Canada

Grogan, John, 1957-
Joyeux Noël, Marley! / John Grogan ; illustrations de Richard Cowdrey ;
texte français de France Gladu.

Traduction de: A very Marley Christmas.
Pour les 3-8 ans.
ISBN 978-0-545-98204-7

I. Cowdrey, Richard II. Gladu, France, 1957- III. Titre.

PZ23.G859Jo 2009   j813'.6   C2009-902705-4

Édition publiée par les Éditions Scholastic, 604, rue King Ouest, Toronto (Ontario) M5V 1E1,
avec la permission de HarperCollins.

5 4 3 2 1   Imprimé à Singapour   09 10 11 12 13

Typographie : Jeanne L. Hogle

John Grogan

Joyeux Noël, Marley!

Illustrations de Richard Cowdrey
Texte français de France Gladu

Éditions
SCHOLASTIC

oël approche à grands pas. Dans leur petite maison de la rue Côté, Cassie et bébé Louis souhaitent que tout soit parfait pour la visite du père Noël, mais il manque quelque chose : la neige.

— Allez neige, arrive! dit Cassie.

— Oui, nèze! Aiiive! répète bébé Louis.

Marley, leur gros chien couleur caramel, glisse son énorme tête entre celles des enfants et regarde par la fenêtre en gémissant doucement.

— Aoooouf! dit-il.

Mais aucun flocon ne tombe.

— La neige viendra quand elle le voudra bien, dit papa.

— Venez les enfants! appelle maman. Préparons la maison pour le père Noël.

C'est le tout premier Noël de Marley. Lui aussi veut que tout soit
prêt. Il fait bien son possible pour aider, mais fidèle à lui-même,
il finit toujours par faire des dégâts.

Cet après-midi-là, papa revient avec un gros sapin. Mais alors qu'il le tire sur la pelouse vers la maison, l'arbre s'arrête soudainement.

Pas moyen de le traîner.

Pas moyen de le faire glisser.

Pas moyen de le déplacer.

Papa tire; l'arbre tire dans l'autre sens. Papa tire plus fort; l'arbre tire encore plus fort dans l'autre sens.

— Mais que se passe-t-il? se demande papa.

Puis, il voit le problème.

Marley ne résiste jamais à une bonne
partie de souque-à-la-corde.

— Vilain chien, Marley! crie papa.
Lâche le sapin tout de suite!

Maman installe des guirlandes de lumières dehors, dans les arbustes. Elle arrive enfin à les disposer juste comme elle le souhaite.

— Parfait! dit-elle avec satisfaction.

Mais Marley n'est pas de cet avis.
— Vilain chien, Marley! crie maman.

Dans la maison, Cassie découpe une chaîne
de flocons de papier. Elle a presque fini lorsque
Marley passe par là et aperçoit un énorme
serpent blanc qui ondule.

« Je viens à ton secours! » semble dire Marley.

En trois bonds de géant, il traverse la pièce et se jette sur l'œuvre de Cassie.

— Ouaf! Grrrrr!

Scraaatch! Adieu, les flocons de papier!

— Marley! Espèce de gros bêta! s'écrie Cassie. Ce n'était pas un serpent, c'était une chaîne de flocons!

Bébé Louis peint un bonhomme de neige pour décorer la porte
d'entrée de la maison.

« Hourra! J'adore la peinture! » pense Marley.

— Lain sien Malé!
crie Louis.

— L'arbre est installé! annonce papa, depuis le salon.

Toute la famille accourt. Marley accourt aussi.

Maman s'arrête.

Cassie s'arrête.

Bébé Louis s'arrête.

Marley ne s'arrête pas.

Zut! Pas de freins!

Papa redresse le sapin. Marley renifle.
Snif! snif! snif! « Enfin! J'ai ma propre
toilette dans la maison! »
— Malé pipi! hurle bébé Louis.

Cassie suspend les décorations dans le sapin, mais elles ne restent pas longtemps accrochées aux branches.

— Lâche ça tout de suite, Marley!
dit Cassie.

Papa ouvre la boîte de fils argentés. Marley s'empresse d'y mettre le nez pour aider.

Au-dessus de la cheminée, maman a suspendu un bas de Noël pour chaque membre de la famille. Marley pense qu'il serait plus amusant de jouer à l'éléphant. Il glisse le museau jusqu'au fond du bas et fonce aveuglément d'un bout à l'autre de la maison.

— Sauve qui peut, Marley fait le rodéo! crie Cassie. Mettez-vous à l'abri!

Enfin, tout est parfait. Tout, sauf une chose. En cette veille de Noël, la décoration la plus importante manque encore : un beau tapis de neige blanc.

— Comment le père Noël pourra-t-il poser son traîneau s'il n'y a pas de neige? s'inquiète Cassie.

— Nèze! Nèze! ordonne Louis au ciel.

Papa pose un baiser sur le front de Cassie.

— As-tu été gentille? demande-t-il.

— J'ai essayé, vraiment essayé, répond Cassie.

— Alors, qu'il neige ou non, le père Noël ne t'oubliera pas.

— Et il n'oubliera pas ma traîne sauvage? ajoute-t-elle.

— Il faut croiser les doigts, dit papa.

— Allez les enfants, au lit! dit maman. Le père Noël ne viendra que si tout le monde est endormi.

Cassie et Louis regardent une dernière fois par la fenêtre.

— Pas nèze, soupire bébé Louis.

Le lendemain matin, Cassie et Louis sont les premiers réveillés. Ils sautent sur le lit de papa et maman et les supplient de descendre avec eux au salon. Marley, qui ne dort pas non plus, s'étire. Avec sa queue, il bat la mesure sur le matelas comme s'il s'agissait d'un tambour. *Boum! Boum! Boum!*

— S'il vous plaît! S'il vous plaît! S'il vous plaît! supplie Cassie.

— Paît! Paît! Paît! répète Louis.

— Ouaf! Ouaf! Ouaf! ajoute Marley.

Papa essaie de se retourner et de fermer les yeux, mais se rendormir est hors de question.

— Allons voir si le père Noël est passé, dit maman.

Marley ouvre le chemin.

Pour le
père Noël

Le salon est rempli de jouets et de cadeaux de toutes les formes et de toutes les couleurs.

— Il est passé! s'exclame Cassie. Le père Noël est venu!

— Je te l'avais bien dit! réplique papa.

Juste à ce moment, près de la fenêtre à côté du sapin, retentit un tintamarre épouvantable. Les pattes arrière de Marley apparaissent sous le rideau fermé. Elles semblent se bagarrer avec le reste de son corps.

— Sors de là, vilain chien! ordonne maman.

— Qu'est-ce qu'il y a, gros toutou? demande Cassie.

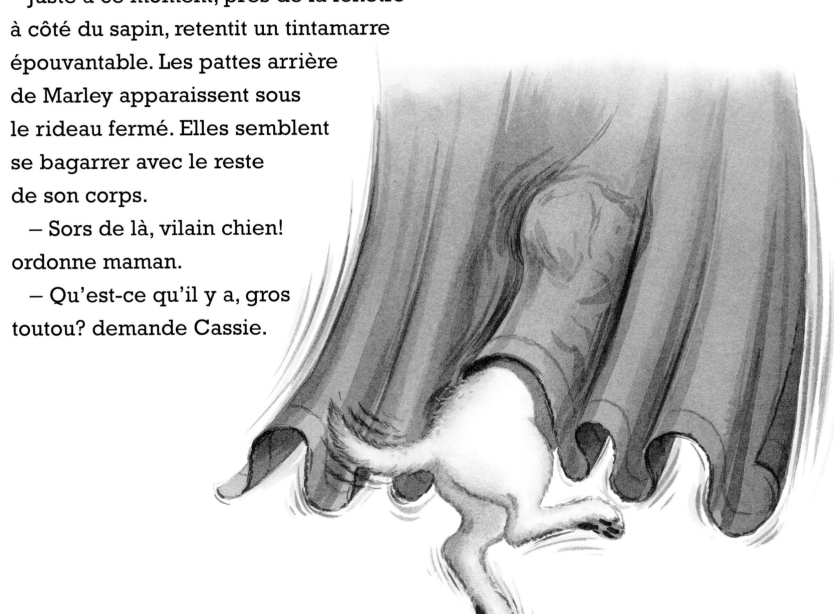

Cassie tire les rideaux. Et enfin, la voilà! Elle tombe doucement, couvre le sol, poudre les pins, se répand dans l'allée, dissimule les haies et ensevelit les buissons.

La neige!

Marley saute sur ses pattes arrière et jappe aussi fièrement que s'il l'avait livrée lui-même. « Vos désirs sont des ordres! » semble-t-il dire.

Cassie s'empresse d'ouvrir la porte.

— Bravooo! crie-t-elle. Hourraaa!

— Nèze, nèze! Bavooo! Houaaa! hurle Louis.

Un éclair couleur caramel passe alors en trombe.

Il fait tomber bébé Louis à la renverse sur sa couche géante
qui pendouille, et fonce droit vers la porte. Marley touche la
neige pour la première fois. « C'est mouillé! C'est froid! »
Il freine brusquement. Mauvaise idée.

Marley effectue une longue glissade, dérape sur le côté, rebondit en position assise, fait deux tours complets et pirouette jusqu'au pied de l'escalier avant de plonger dans un gros banc de neige.

Toute la famille retient son souffle. Lorsqu'il sort enfin la tête, il ressemble à un énorme beigne saupoudré de sucre.

Marley revient à toute vitesse. Il passe devant Cassie. Passe devant bébé Louis. Passe devant maman et papa et se précipite dans le salon. Il saute sur la nouvelle traîne sauvage et se secoue plus fort que jamais. Il y a de la neige partout!

Même maman ne peut s'empêcher de rire.

Le père Noël a apporté le plus beau des cadeaux... et son lutin Marley l'a livré jusque dans la maison.

— Nèze, nèze! Houaaa! crie bébé Louis. Bon sien Malé!

— Joyeux Noël, Marley!